MÉMOIRE

par Axel Djim Yves Marini

© 2021, Marini, Axel Djim Yves
Edition : Books on Demand,
12/14 rond-Point des Champs-Elysées, 75008 Paris
Impression : BoD - Books on Demand, Norderstedt, Allemagne
ISBN : 9782322252916
Dépôt légal : mars 2021

Toute ressemblance avec des personnes existant ou ayant existé serait purement fortuite

Juin 2000

J'avais un peu moins de neuf ans, j'aimais sortir sur la terrasse à flanc de colline, sur le sol de la terrasse il y avait la niche de ma chienne Cassandre, une gamelle que Cass m'autorisait à partager avec elle parce que parfois j'aimais manger un peu de ses croquettes en cachette et un circuit pour jouer aux petites voitures ornait le lino.

A cette époque ce que je désirais le plus au monde c'était une grande sœur mais malgré les efforts répétés de mes parents ils ne parvinrent jamais à satisfaire ma demande.

J'aimais sortir dans le jardin, taper les pierres les unes contre les autres pour en humer l'odeur. Mon père, lui, était toujours occupé à réparer la maison qui ne semblait pas vouloir lui laisser un instant de répit, quand ce n'étaient pas les souris qui se baladaient entre la laine de verre et le toit en amiante, ou quand il fallut refaire la toiture en amiante c'était la fosse septique qui se bouchait, il avait fait venir l'électricité en installant les poteaux et les lignes de basse tension.

Il y avait plusieurs cuves pour alimenter la maison en eau, des palmiers à la fenêtre des chiottes, une salle de bain flambant neuve et des coquelicots sur la planche qui surplombait le local de musique où répétait le groupe de mes vieux, One Off et où j'aimais à m'endormir pendant les longues soirées de répètes.

L'été il fallait débroussailler tous les week-ends et on avait installé une baignoire hors sol près d'un cerisier pour que je puisse me rafraîchir pendant les journées caniculaires.

Pour parvenir à rejoindre la maison il fallait soit une moto, soit entamer une joyeuse marche épuisante sur l'étroite piste ou encore prendre des escaliers interminables, traverser la propriété du voisin et puis on était arrivés.

Moi j'aimais trainer à mi-chemin près du figuier jusqu'à ce que je me fasse mordre pour la première fois par un serpent, j'aimais passer la tête à travers les barreaux de la fenêtre de la chambre parentale jusqu'au jour où ma tête avait grandi et je ne réussis qu'avec beaucoup de peine et d'efforts à ressortir ma tête des barreaux. J'aimais descendre tout en bas du chemin chez ma copine Daphné, on jouait aux billes sur la plaque d'égout devant chez elle, on faisait de la pâte à sel, des polly pocket, plein de trucs en somme.

De retour chez moi j'aimais m'aventurer au-delà du portail en entrainant Daphné avec moi jusqu'au jour où elle tomba dans les agaves. On s'était pris une sacrée raclée les Arrighi, mettre en danger et blesser une jeune fille de la maison Dunielle Lotis ça ne se faisait pas, un point c'est tout !

Bref,… C'était Roots mais c'était merveilleux.

Janvier 2016

Si j'étais un animal je serais un renard,
parfois sur une route parmi les loups,
chassant le mouton, parfois sur une autre
route avec les chiens de berger.
J'aime tous les loups et tous les chiens du
fond de mon cœur pour tous les moments
que j'ai passé avec les uns et les autres,
autant de leçons de vie et de fraternité,
de   morsures,   de   léchouilles   et
d'enculades.

Objectif du jour, nous mangerions bien
du sanglier ou du chevreuil pour ce soir,
avec ça Katherine nous préparera une
bonne daube.

L'éleveur de Belvédère nous fournissait
d'habitude en veau et en broutard,
parfois en cochon de lait mais là c'était
de notre huile de coude dont il s'agissait.
Armés et remontés comme des pendules,
on se dirigeait dans la forêt grâce à Jean
Claude vers la cabane qu'il avait
construite pour guetter le gibier.
Cette fois on s'était pas embarrassés du
costume   orange   fluo,   dans   l'affut

surélevé ça n'aurait pas servi à grand-chose d'avoir l'air d'un con de pied en cape.

Enfin à l'abri au cœur de la forêt, parfaitement placés, il n'y avait plus qu'à attendre. Et attendre avec le père et le fils Desrechef c'était respirer l'air frais de la montagne mais pas que…
Aucune partie de chasse sans la gnole de JC, c'était le père de Katherine qui distillait le coing dans ses propres fûts, autant vous dire que quand on la gouttait les oreilles nous chauffaient.

John à peine arrivé avait tout de suite enlevé le cran de sureté avec un gros joint dans la bouche et un calibre 12 dans les mains, moi je faisais ce que je pouvais avec un fusil gaucher semi-automatique Baikal plus pour la déco qu'autre chose, à vrai dire on me l'avait offert et j'avais jamais vraiment eu l'intention de m'en servir mais comme ça je donnais le change et je laissais à mes amis la gloire du trophée.
Ça marchait toujours comme ça entre nous, comme un accord tacite, je faisais acte de présence et John et JC se

gargarisaient de leurs victorieuses anecdotes au moment du dîner.

JC prit le joint du bec de son fils, s'adossa à un mur et le regarda avec un grand sentiment de fierté, moi je continuais à faire semblant, on attendit bien quoi, trente minutes-trois quarts d'heure complètement torchés ; les buissons frétillèrent, la gueule de John se fendit d'un sourire de tueur, la pépite dans les yeux, il fit feu, BOUM !

On sortit de la cabane, pour aller voir d'un peu plus près le repas du soir, un putain de renard ! Putain ! Jamais encore entendu parler de daube de renard moi.

« Qu'est-ce t'as foutu ? Qu'est-ce qu'on en fait de la bête » que j'leur dit.
« Nous prendrons sa fourrure et mangerons sa viande » me dit JC, mon premier civet de renard donc…

De retour à la maison, la partie de chasse n'avait pas duré trop longtemps, le chemin était encore éclairé par les derniers rayons de soleil.

Dans cette maison on m'a raconté que dans les années quatre-vingt, Jean Claude y faisait pas mal de fêtes et y planquait pas mal de dope.

Moi les fêtes, je connaissais celles de la maison de l'observatoire plutôt bon enfant, au pire un voisin George avait fait goûter un space-cake à Anaïs dix-huit ans, la fille de Serge et Claudine les voisins de la maison d'à côté et au mieux on se réveillait avec une inconnue dans son lit après une nuit sans souvenir.

Les fêtes de Jean Claude c'était autre chose, plutôt ambiance French Connection, avec les clients, les revendeurs, les poulets qui refourguaient la came et tout le tintouin, des traces de coc' offertes par la maison sur la table du salon entre deux morceaux de viande pour chaque convive.

J'ai jamais osé demander comment il avait acheté sa maison principale, la maison en Charentes, la maison de Katherine et la maison de Belvédère, j'ai pensé à un banal héritage de propriétaire terrien d'une famille française de France géré comme il fallait pour capitaliser au fil des années mais il y avait mis du beurre dans les épinards ça c'est certain.

Et aujourd'hui c'était à John de faire homme de front, depuis ses quatorze ans il travaillait avec mon père dans les parcs et jardins et dans une autre sorte de culture pour son père.

On était bien lovés au coin du feu de la petite maison en pierre, Katherine, JC, John et moi, le civet était délicieux.
On buvait du bon vin, on mangeait bien, on alimentait le feu tour à tour avec les réserves de bois pour l'hiver.
On attaquait le gâteau que j'avais acheté sur la route pour l'anniversaire de Katherine.
Puis il commença à se faire tard, la birthday girl était rincée, on avait fanfaronné pendant qu'elle faisait la vaisselle à l'eau froide et se les gelait puis réchauffait son petit cul près du feu de cheminée, elle nous laissa entre hommes et alla se coucher à l'étage.

Personne n'avait envie de se refaire une énième partie d'échecs, on mettait un peu de techno pas trop fort mais un peu fort quand même et j'eu droit à l'anecdote préférée des Desrechef comme à chaque soirée passée avec eux : « quand on l'a rendu un peu blette »

C'était l'histoire tragique du voisin de JC qui était tombé accidentellement de l'escabeau et s'était fracassé la gueule par terre.
Sa femme terrorisée et prise de panique avait réussi à rameuter tout le quartier et en moins de temps qu'il en faut pour le dire John avait épongé le sang avec son T-shirt et relevé la tête fracassée du bonhomme avec sa main et avait ainsi palpé un peu trop profond la cervelle du bonhomme.
C'est comme ça qu'il l'avait rendu « un peu blette » jusqu'à la fin de ses jours et avait libéré la voisine de toutes charges matrimoniales.

De temps à autre la voisine n'hésitait pas à faire appel au père et au fils pour élaguer un arbre ou deux.

On redescendait à deux voitures jusqu'à Nice. On roulait à fond les ballons sur la route de la vallée de la Vésubie creusant l'écart entre les deux parents et John et moi avec sa Peugeot 207.

C'était comme un rallye, il enfonçait l'accélérateur assez fort et doublait tout le monde, un jour c'est sûr il ferait une sortie de route cet enfoiré, j'espérais juste ne pas y être dans la caisse ce jour-là, puis elle était enivrante sa folie, sa recherche d'adrénaline coûte que coûte.

Arrivés sur la route nationale 202 on fit un stop au MC Do', on finit de se remplir la panse dans la maison de Katherine à Nice Nord avec une ou deux bières, supplément sirop de pêche et gros pétard de shit pour notre ami chasseur en chef et conducteur émérite.

JC et Katherine se retrouvaient le week-end mais vivaient séparés depuis des années.

On discutait d'un éventuel week-end à Isola pour la semaine suivante avec un certain Andrew et sa moto neige et je rentrai enfin chez moi, seul, dans mon premier appartement de célibataire, à moins de deux cents mètres de chez mon vieux paternel, quartier des musiciens.

Novembre 2000

Il y avait beaucoup de bruit à la maison, mes parents s'engueulaient tout le temps, ma mère se négligeait et ronflait plus fort que n'importe qui ce qui avait épuisé mon père au fil des années le privant d'un sommeil réparateur, il la trompait et elle était devenue alcoolique, bipolaire non diagnostiquée, elle multipliait les soirées aux urgences, c'était le début de la fin.

On allait s'installer dans une résidence mon père et moi et ma mère louerait un appartement à la Vallière, pas forcément un bon quartier mais sans problèmes non plus.

J'étais en garde alternée et commençait à faire l'école buissonnière pour me retrouver seul sans me faire crier dessus dans le trois pièces de cinquante-cinq mètres carrés ou pour m'intégrer avec des amis et ainsi éviter les séances masturbatoires de ma mère devant la webcam de son ordinateur, sur MSN Messenger, quand elle ne jetait pas mes affaires par la fenêtre ou m'enfermait

dans la chambre condamné à regarde la
trilogie du samedi sur M6.

On lui retira donc la garde de ma petite
personne.

Je suis parti à dix-sept ans de chez monsieur André Arrighi dit Dédé par ses amis, artisan entrepreneur, et de ses crises de colère. J'avais pu me réfugier chez ma copine de l'époque, Jade, mince et assez belle, blonde aux yeux bleus, c'était la sœur de mon guitariste Yohan et la cousine du deuxième gratteux Jordan.

On profitait bien, on se la coulait douce, pizzas, chichons et crêpes au Nutella, j'avais pris une année sabbatique, c'était parfait sauf que j'étais une vraie tête de con à cet âge là et comme j'avais « 99 problems but the bitch ain't one », les meufs avaient toujours gravité autour de moi sans que je ne sache comment ou pourquoi j'avais laissé Jade s'en amouracher d'un autre pendant des vacances en Corse tandis que moi je refaisais le monde au clair de Lune avec une Myriam Mirial.
Ainsi Jade aurait bien des années plus tard une fille avec son nouvel amoureux et moi je resterai sur le carreau à côté de mes pompes.
Myriam était une tropézienne qui après avoir arrêté ses études d'anglais à Nice se consacrait principalement à l'épicurisme

et à l'hédonisme, c'était agréable mais ça ne résolvait pas mes problèmes d'habitat.

Je devins donc le colloc' de David coordinateur de l'image Zara sur la région Côte d'Azur, avec un faible pour les twink boys.

Il n'a jamais posé les mains sur moi même s'il en mourrait d'envie et je lui avais tout au plus fais une branlette pour payer un loyer. On avait fait de sacrées fêtes chez David quand même, c'étaient mes premiers cachets d'exta et mes premières traces de C.

Myriam avait pu trouver un appart sympa de quatre-vingts mètres carrés et on s'était installés à deux.

On avait des potes juste à côté, j'avais un 125cc noir, j'allais bosser tous les matins et rentrais tous les soirs vanné des différents petits boulots, tous plus pourris les uns que les autres : mascotte au parc aquatique de Marineland, conducteur du petit train, livreur de pizzas, nettoyage automobile pour la boite de location Avis, poseur de moquettes, etc,.

Nous étions, Quentin, Antoine, Marjo, Alicia, Silène et moi allés en vacances à Berlin pour fêter nos vingt ans, on avait tellement consommé de prods qu'en revenant je pouvais à peine travailler et j'avais le palpitant qui me jouait des tours. J'accusais de mes premiers courts-circuits non identifiés. Myriam me soutenait et on m'avait présenté Anne.

Anne c'était pas la plus jolie mais c'était la plus stylée et la plus sympa, avec elle c'était champis et LSD, LSD et champis, dans la ville, les églises, avec les lumières nocturnes de Nice.

S'en suivit comme de par hasard une lourde dépression et une relation hyper conflictuelle avec Myriam et c'est comme ça qu'on se retrouvait à vingt-cinq ans célibataire dans un studio quartier des musiciens à moins de deux cents mètres de chez son paternel et qu'on commençait à fréquenter le dealer et l'ancien apprenti de son vieux père.

Dans l'appart' au début ça allait, Myriam était venue inaugurer le lit même si nous n'étions plus ensemble, je gagnais de mieux en mieux ma vie en tant qu'assistant de direction de Gardenia, la boîte de mon père. Je devais coacher les équipes, faire les fournitures, la comptabilité, j'assistais aux conseils syndicaux sans dire un mot, je m'occupais de la maintenance des outils plus quelques chantiers non déclarés.

J'allais voir les plus belles femmes de la ville moyennant un peu d'argent, je sortais dans les bars au comptoir narguer les rencontres, sans succès sauf une fois ou deux avec boîte de nuit, hôtel, petit déjeuner sur la plage et ça coûtait aussi cher qu'une heure avec une pouliche de luxe.

Mes amis s'étaient rangés du côté de Myriam et je me rendis compte trop tard que j'avais fait des choix avant même de savoir que j'avais des choix à faire. J'allais bosser, je faisais une sieste, j'allais à la salle de musculation et ensuite pour l'hygiène un petit « pute kebab », ça valait pas une amoureuse mais ça évitait le trop plein d'énergie et les insomnies.

Au fur et à mesure je trouvais les voisins de plus en plus bruyants, surtout leurs enfants, je ne pouvais plus les supporter. Plus je mettais la Techno fort plus les enfants criaient fort. Je compris des années plus tard qu'il aurait mieux valu que je mette un casque sur les oreilles, ça aurait peut-être suffit.

Je voyais beaucoup ma tante Fatou, la sœur de ma mère à ce moment-là la semaine, on buvait des verres en terrasse ou on bouffait chez l'Indien et je voyais John le week-end.
On alla au ski comme c'était prévu avec Andrew et sa moto neige. Je les laissais faire de la moto neige et du snowboard à toute berzingue tous les deux manquant d'empaler les débutants en sortie de pistes, sur les vertes.
Je skiais un peu, tombais beaucoup, j'avais oublié les rudiments de base et je n'en avais plus vraiment l'envie de skier.

Février 2016

Fatou avait une collègue qui quittait un deux-pièces à sept-cent euros mensuel, moi je cherchais un autre appartement plus grand, on fit donc les papiers et les employés de Gardenia furent mis à contribution pour le déménagement.

C'était un cinquante mètres carrés au premier étage avec un salon-cuisine assez grand, une salle de bain avec baignoire et chiottes à la limite entre Nice Centre et Nice Est.

C'était un quartier cosmopolite, sans grand avantage à part d'être plus près du boulot, il y avait beaucoup de clochards et les poubelles étaient déchiquetées tous les soirs sur le trottoir.

En plus du dégât des eaux que j'avais dû régler à peine arrivé, j'avais de nouveaux problèmes de voisinage, beaucoup de bruits qui me dézinguaient la tête.

Mon vieux et moi ça ne marchait plus, il me trouvait dilettante, je le trouvais colérique et on décida d'un commun accord de le laisser gérer sa boîte à sa guise.

2003

Ça faisait un moment maintenant qu'on était installés avenue Sainte Marguerite, mon père commençait à fatiguer de son célibat non pas qu'il ne fréquentait personne, bien au contraire mais c'est qu'il avait bien accroché avec une jeune, la fille d'une amie à lui, Sophie.
J'avais douze ans, Sophie en avait vingt-quatre et mon père quarante-huit. Il voulait se poser pour de vrai, finit les incartades dans son appartement d'étudiante et puis il voulait peut-être me trouver une mère de substitution, qu'est-ce j'en sais moi ?

En tout cas un an plus tard ça n'avait pas manqué ils m'avaient fait une petite sœur, Samantha.

Nous on était une sacrée bande dans la résidence : il y avait Thomas fils de prof et père à la retraite, footballeur partagé entre Entrevaux et Nice. Il y avait Bébert avec qui on faisait du skate dont le père était gardien du bâtiment de la MSA pas loin, Cyrille, lui j'sais pas ce qu'ils faisaient ses parents mais il y avait plein de marmots chez lui et sa mère était réunionnaise, elle faisait la meilleure cuisine que j'ai pu manger dans toute ma vie. « S'il y en a pour neuf il y en a bien pour dix » comme elle disait et puis Rita Achour, ses parents bossaient dans la fonction publique.

Bébert et moi on piquait du shit de nos pères et on allait le fumer dans une grotte qui jouxtait la résidence.
J'avais douze ans, Thomas et Bébert devaient en avoir quinze. Un jour on était allés picoler et fumer sur la plage en face du Casino Ruhl et j'avais dû appeler mon vieux en urgence pour qu'il vienne me chercher. J'avais gerbé partout, ça m'avait servi de leçon.

On ne mélange pas le shit et l'alcool !

2006

J'avais une mobylette, un 103 Peugeot. Je comprends toujours pas qu'on m'ait laissé conduire cet engin en 2006. Le temps de freinage était sacrément balèze et les roues très fines, il y avait pas mal de chance de se prendre des gamelles avec ça. Quelques années plus tard j'allais avoir un scooter jaune (pour pas qu'on m'le vole).

Mais pour l'instant je pouvais aller dans la vieille ville avec mon BSR et ma mobylette et là on s'en est tapé des quintes avec les copains ! J'avais quinze ans, eux dix-huit et on allait au Tapas boire des mètres de vodka parfumés et fluorescents puis on allait jouer du djembé ou un peu de guitare sèche à l'occasion sur la plage.

On allait tous dans le même collège, c'est qu'javais un an d'avance et Bébert avait une année de retard.

Au fil des années l'argent de poche que j'avais pour acheter des couilles de mammouth, des espèces de grosses boules de bonbon à sucer je l'avais converti en argent pour acheter des pétards qu'on balançait sur les gens pour leur faire peur, quand on ne se planquait pas pour caillasser des voitures ou jeter des capotes remplies d'eau du troisième étage, quand on ne commandait pas quinze pizzas au nom de Achour pour rigoler un coup.

Puis mon argent de poche s'était à nouveau converti en argent pour acheter le magazine Rock One et tous les jours je débarquais en haut de cette putain de montée où surplombait le collège Raoul Dufy avec mon magazine Rock One et c'est ça qui avait tapé dans l'œil de Bébert.

Du coup on avait discuté, il voulait monter un groupe et mes parents étaient zicos, eh ouai ! Donc j'avais une basse, l'instrument qui manquait, une Fender Precision. On avait commencé un groupe, c'était « Plug Your Mind », ça donnait avec Bébert au chant : « Plug Your Mind ♫, Free Your Mind ♫, We Play Music For A Good Time ♫ ».

Et puis les années avaient passées, Eva ne jouait plus du clavier même si elle était toujours raide dingue amoureuse de

Bébert, et Jordan le cousin de Bébert et Yohan le cousin de Jordan étaient venus jouer première et deuxième guitare avec toujours depuis PYM, Lucas à la batterie, on s'appelait FAITH.

Août 2016

Ma bulle d'air c'étaient les week-ends à la montagne et les concerts. John et moi on avait fait Les Plages Electroniques à Cannes, Les Voix du Gaou à Six-Four, La Nuit Rouge à Marseille, Le Crossover à Nice, La Street Parade à Zurich, La Thaïlande du Nord au Sud avec La Full Moon Party of course.

On s'était donc tapés pas mal de soirées avec John, les concerts mais aussi des soirées à vélo sous exta en allant à la rencontre des pêcheurs du championnat de pêche, il avait des amis, une bande de bruns avec leurs femmes qui participaient au championnat, ils n'avaient pas l'air commodes. On était restés un peu avec eux puis on avait renfourché nos vélos sur la Promenade des Anglais, l'air dans la gueule et les yeux qui brillent.
Je dinais le lendemain avec ma grand-mère Michelle et ma tante Fatou au restaurant du Méridien avec vu sur la prom' tient justement. J'essayais de pas être trop éclaté au moment du repas,

j'avais déjà une heure de retard mais ce fut comme à chaque restaurant gastronomique qu'on faisait excellent même si j'ai une petite préférence pour le restaurant La Réserve au port.

On était allés dans les gorges du Verdon aussi faire du pédalo et à la Siagne, une petite rivière un peu pourrie mais on pouvait y faire des rencontres surtout si on avait un chien.
On avait fait du VTT à la montagne en plein été avec Lionel un ex employé de mon père de dix ans de moins que lui, élagueur à son compte et du kayak vers le Massif de l'Estérel, on s'était posés sur une crique puis sur une plage et on était rentrés rincés et gorgés de soleil.

Le soir du Crossover il y avait eu une soirée sur la plage avec Joris Voorn en tête d'affiche, tous les dealeurs blancs de Nice et le mexicain Pancho étaient présents en civils et John s'était mis en tête de vendre de la MDMA à toute la foule. Dans la foule je connaissais à peu près la moitié au moins de vue sinon mieux pour avoir trainé mes fesses dans le centre-ville depuis mes douze ans (avant même d'avoir ma mobylette), du coup je pris un peu de prod' et je commençais à danser comme un ouf, pendant ce temps-là je rabattais les consommateurs vers John, lui fournissait la came, on faisait un beau duo.

On faisait des rencontres avec des gens extras, on passait une bonne soirée et on faisait entre 350 et 600 euros de bénéfice net par soirée mais on ne réitéra pas la manœuvre, trop dangereux et trop exposé de faire un truc pareil.

Par contre j'avais missionné Lucille une dealeuse de vendre la came pour moi, moi aussi j'avais le droit d'arrondir mes fins de mois après tout, surtout que j'avais plus de taf et qu'il fallait payer le loyer.

Le week-end suivant on était invités au pot de départ de Ricky, alors ce Ricky c'était le meilleur pote de John quand ils étaient jeunes, ils avaient toute une bande, ils dévalisaient la caisse du clos de boules de la colline de Bellet tout en continuant à aller jouer avec les vieux, ils avaient fait une razzia dans la cave à vin des

Bagnis, les vignobles de Bellet, ils avaient vraiment fait les quatre cents coups ensemble.

Mais ce que m'avait pas dit cet enfoiré de John c'est qu'on allait débarquer au Col de Braus, au-dessus de Sospel, dans la forêt pendant une teuf jusqu'au petit matin, lui s'était habillé en circonstance mais moi pas du tout. Des teufs j'en avais fait quelques-unes en Gironde pendant que j'étais allé vendanger dans le Bordelais, à Pessac-Léognan. Les teufs étaient plus au Sud, entre Mios et Andernos et j'avais bien kiffé mais encore jamais fait de teufs dans le Sud-Est ni en Italie.

Surprise ! Arrivés là-haut je reconnaissais des gens du Crossover puis quel agréable plaisir de tomber sur Jean et Michel Fourcoutchet, le fils de Tigresse, une amie de mon père et Michel Fourcoutchet qui faisait aussi parti de la bande de nos vieux.

On discutait un peu, puis c'était la réunion sacerdotale de Ricky et sa bande de petits diablotins qui allait commencer, il fallait pas que je manque ça. Tout le monde avait pris des champis ce que je trouvais assez con puisqu'il y avait pas de lumière mais bon après tout pourquoi pas.

Et c'est là qu'on m'expliqua deux trois trucs que j'avais pas compris, notamment que Ricky allait au Pérou pour ramener de la C à bas prix et que notre soirée sur la plage et mon arrangement avec Lucille avait fait trop de bruit.

Deux jours plus tard je me faisais agresser dans mon appartement et je me tapais ma première crise de schizophrénie avec rendez-vous aux urgences de l'hôpital Pasteur.

On me diagnostiqua comme ancien consommateur de toxiques et je me retrouvais à la rue complètement désœuvré.

C'est à partir de là que je pourrais commencer à écrire une nouvelle que j'appellerai « Journal d'une âme perdue » mais je ne préfère pas, cette fois je préfère parler de ce que c'est d'avoir du plomb dans la tête, de ce que c'est qu'd'avoir les pieds solidement ancrés sur terre.

2021

Depuis j'ai enchaîné les crises et les hospitalisations, je suis parti me planquer un moment, le temps que l'eau passe sous les ponts et le temps de me refaire, j'ai été diagnostiqué schizophrène puis schizophrénie résistante, je me gobe tout un cocktail de neuroleptiques, anxiolytiques et d'antidépresseurs.

J'ai perdu pas mal d'années et pas mal d'argent avec mes conneries, j'étais perdu mais je me suis retrouvé, j'ai renoué avec ma mère qui me manquait terriblement et nous vivons dans le même immeuble à Toulon.

Quand je vais à Nice c'est en sous-marin, j'attends encore deux ans pour pouvoir fouler le sol du centre-ville Niçois, on ne sait jamais.